AtV

HEINZ KAHLAU wurde 1931 in Drewitz bei Potsdam geboren. Seit 1949 lebt er in Berlin. Von 1953 bis 1956 war er Meisterschüler bei Bertolt Brecht. Seit 1956 freischaffender Lyriker, Dramatiker, Drehbuchautor, Nachdichter und Kinderbuchautor. Seine erste Buchveröffentlichung war 1954 die Verserzählung „Hoffnung lebt in den Zweigen des Caiba«.

Weitere Bücher u. a.: „Der Fluß der Dinge (Gedichte, 1964); „Balladen« (1971); „Du" (Liebesgedichte, 1971, erweiterte Auflage 1980, mit Fotos von Barbara Köppe 1989); „Die kluge Susanne" (Märchenstücke nach den Gebrüdern Grimm, 1973); „Flugbrett für Engel" (Gedichte, 1974); „Tasso und die Galoschen" (Zwei Stücke, 1980); „Bögen" (Ausgewählte Gedichte 1950–1980, 1981); „Fundsachen" (Gedichte, 1984); „Querholz" (Sinn- und Unsinngedichte, 1989); „Der besoffene Fluß" (Balladen, 1990); „So oder So" (Gedichte 1950 bis 1990, 1992); „Kaspers Waage" (Gedichte, 1992); „Zweisam" (Liebesgedichte, 1999).

Mancher Dichter übt während des Schreibens zu leben, vollzieht nach, Erfahrungen werden zu Handlung, zu Reisen, das Gedicht läßt sich häufig an irgendwie Erlebtem überprüfen, zumindest davon herleiten. Bei Kahlau der umgekehrte Eindruck. Mag sein, es handelt sich um ein geschickt angelegtes Täuschungsmanöver, aber der Verdacht will sich nicht beruhigen, daß er ungebührlich oft damit beschäftigt ist, Geschriebenes oder Entworfenes zu testen. Mit Fragen, seltener mit Antworten, mit Blicken. Als ob er dich ständig als Vehikel zur Vollendung irgendeiner noch nicht fertigen Zeile benutzt. Als ob ihn Gedichte und Stückchen mehr bewegen als du, der gerade vor ihm sitzt. Du magst über noch so wenig Ehrgeiz verfügen, irgendwann spürst du den Stachel doch und legst Hand an, die Proportionen zu deinen Gunsten zu verändern.

Jurek Becker im Nachwort
zur Erstausgabe des Bandes 1971

Heinz Kahlau

Du

Liebesgedichte

Aufbau Taschenbuch Verlag

ISBN 3-7466-1279-9

4. Auflage 2001
Aufbau Taschenbuch Verlag GmbH, Berlin

Umschlaggestaltung Torsten Lemme
unter Verwendung einer Illustration von Ulrike Vater
Druck Elsnerdruck GmbH, Berlin
Printed in Germany

www.aufbau-taschenbuch.de

Ich liebe dich

Ich liebe dich
heißt auch:
Komm,
schlaf mit mir.
Es kann auch heißen:
Laß uns Kinder haben.
Ich liebe dich.
Ich bin
sehr gern bei dir.
Laß uns zusammen sein
bis zum Begraben.

Ich liebe dich
heißt auch:
Sei zu mir gut,
mach mir das Leben leicht,
das ich nicht zwinge.
Wenn ich allein wär,
fehlte mir der Mut.
Ich liebe dich,
mach, daß es mir gelinge.

Ich liebe dich
heißt auch:
Es macht mich stolz,
daß du mich mehr
als andere begehrst.
Und daß du mir, nur mir
und keinem sonst,
in allem, was du bist,
allein gehörst.

Ich liebe dich
kann heißen:
Sei doch so,
wie ich den andren,
den ich suche, sehe.
Erfüll mir meine Träume,
mach mich froh,
daß ich bestätigt
durch mein Leben gehe.

Ich liebe dich
heißt auch:
Ich will so sein,
wie du mich brauchst –
Ich will dein Schatten werden.
So nützlich
ist dir keiner, ich allein
kann alles für dich tun
auf dieser Erden.

Ich liebe dich
heißt immer:
Ich will dich
für etwas haben,
das mir Glück verspricht.
Manchmal entsteht daraus:
Wir lieben uns.
Erst dieser Satz
hat wirkliches Gewicht.

Osterspaziergang

Vier Wochen vorher sah ich sie im Dorfkrug.
Sie lehnte an der Tür, trug Holzpantinen,
blies sich von Zeit zu Zeit die Locke aus der Stirne
und sah mit leerem Blick auf die Papiergirlanden,
die über dem Gestampf der Paare schwangen.
Die Blasmusik war nur zum Schweigen gut.
Sie stieß sich mit der Schulter ab vom Pfosten,
zog ihre Jacke fester, ging hinaus.
Ich fragte sie, ob wir uns sehen können.
Sie sah mich an und sagte: Ostermontag.
Ich bin um neun am ersten Luftschutzbunker.
Dann gab sie mir die Hand und lief davon.

Wir gingen schweigend zwischen Kiefernstämmen.
Der Wald war überschwemmt, an trocknen Stellen
war alles aufgewühlt von wilden Schweinen.
Die Wasserreiser an den grauen Weiden
besetzt mit großen Kätzchen – kückengelb.
Die Sonne fiel in hellen, warmen Rhomben
auf gelbe Kätzchen und auf nasses Moos.
Ich war schon neunzehn, sie war achtzehn Jahre.
Ich mager, rotblond, sie war schwarz und rund.
Ich trug zerfetzte nasse Leinenschuhe,
gefärbte Khakihosen, Drillichjacke
und einen wehrmachtsgrauen langen Schal.

Sie schwarze Holzpantinen, wollne Strümpfe
und einen weiten Rock aus einer Decke,
ein weißes Turnhemd, eine enge Jacke,
die nicht zu knöpfen ging, sie hielt sie oben zu.
Wir küßten uns und sprangen über Pfützen,
wir sprachen über Blasmusik und Essen,
wir rissen Kätzchen ab und färbten uns die Nasen
mit Blütenstaub und küßten sie uns sauber.
Wir setzten uns auf einen Eichenstubben,
wir sagten uns, daß wir uns wirklich liebten.
Ihr war es ganz egal, daß wir nicht wußten,
wie spät es war. Sie hatte keinen Hunger.
Es gab zu Mittag nur Kartoffelsuppe,
die hatte sie am Tag davor gekocht.
Mein Zug fuhr erst um fünf. Wir gingen weiter
und suchten einen trocknen Flecken Erde.
Am Rande einer überschwemmten Wiese
stand ein verbrannter Heereskübelwagen.
Wir setzten uns auf eine Panzerplatte
und legten meinen grauen Schal darunter.
Da war die Sonne weg, und es begann zu gießen.
Durchnäßt und traurig liefen wir zurück.

Ihr Vater wartete vor der Barackentür.
Er durfte mich nicht sehn, wir trennten uns
und fragten nicht, wann wir uns wiedersehn.
Ich stand im Wald und sah den Vater schimpfen,
sie ging an ihm vorbei durch ihre Tür.
Ich weiß nicht, wie sie hieß. Ich sah sie nie mehr.
Doch an den Wald, die Kätzchen und den Regen
kann ich mich noch, so oft ich will, erinnern.

Meine Liebe

Soviel weiß ich über meine Liebe,
sie ist nicht wie Flut und nicht wie Brand.
Sie erlaubt, daß ich mir ähnlich bleibe,
und sie läßt die Finger an der Hand.

Heute liebe ich die meisten Kinder,
weil sie wach und so lebendig sind.
Weil sie ernst mit ihren Spielen machen,
weil sie arglos sind und doch nicht blind.

Groß ist meine Liebe zu Gedanken,
die so wirklich sind wie Holz und Haut.
Die wie Werkzeug neue Dinge machen,
weil man dieser Art Gedanken traut.

Aprilabend

Ich hab gefroren, vor ich zu dir kam.
Ich war verletzlich, müde, abgeschabt.
So bin ich durch den Wind zu dir getrabt.
Nun sitze ich bei dir und mir ist warm.

Das Paar

Sie lagen Bein an Bein,
wie sie gestorben waren,

bis man sie fand.

Sie lagen so
seit sechzigtausend Jahren.

Man löste seine Hand aus ihrer Hand.

Zärtlichkeiten

Etwas für sich
und den anderen tun.
In einem – zugleich.
Schönste der Zärtlichkeiten,
sie macht uns reich.

So in der Liebe
geteilt sein:
Liebend geliebt.
Sich und dem andren bereit sein.
Wer so nimmt, der gibt.

Sich und den andren
trösten:
Mensch sein ist groß.
Sonst steht ihr bald
in den Frösten:
Einsam und bloß.

Morgen, geschwisterlich

Heute morgen,
Liebste, hast du
fern und fremd
im Traum gelegen.

Heute morgen,
Schwesterliche,
wuchsen wir uns
nicht entgegen.

Die Liebe

I

Manchmal kommt es,
daß die Liebe uns einreden will,
wir könnten andere sein,
als wir sind.
Wir glauben es auch,
solange die Liebe
noch lauter ist
als wir selber.
Wehe aber,
die Liebe muß Atem holen.
Dann hören wir wieder
auf uns,
dann können wir
nicht mehr sein, wie wir wollen,
dann müssen wir sein,
wie wir sind.

II

Nicht die Liebe ist es,
die uns ändert.
Andere werden wir nur,
wenn wir uns nicht mehr
ertragen können,
wenn wir uns nicht mehr
genügen, so
wie wir sind.
Freilich –
uns selber zu ändern,
sind Kräfte vonnöten,
mit denen
man Welten erschafft.
Einzig aber die Liebe
gibt uns dazu
die Kraft.

Sommerlied

Durch deine Haare seh ich Himmel scheinen.
Auf deiner Haut liegt Sonne, und der See
hat zwischen deinen braunen Armen Wellen,
und rings um deinen nackten Fuß ist Klee.

Dort wo du hinschaust, geht ein Wind vorüber,
die Bäume über dir sind von ihm voll.
In deinen Händen riecht die Luft nach Ernte,
als ob die Zeit der Reife kommen soll.

Ich seh dich an und seh durch dich den Sommer.
Ich bin der Gast in dieser Sommerruh.
Ich möchte so noch gerne etwas bleiben.
Der Sommer meint es gut mit mir. Wie du.

Die Verhältnisse

Die Verhältnisse,
in denen du
nichts Neues über dich
erfährst,
die Verhältnisse,
die dich kleiner machen
als deine Freunde
dich kennen,
die Verhältnisse,
in denen du
den Kopf einziehen
und die Knie beugen mußt,
um stehen zu bleiben –
diese Verhältnisse
mußt du
verändern oder
verlassen.

Ohne Einsicht

Du willst wissen,
warum meine Verse
oft traurig sind?
Ich liebe die Menschen.
Auch noch die Schäbigen,
selbst noch die Winzigen,
sogar noch die Bösen.
Mein Laster
ist Freundlichkeit.

Verletzt

Die Wärme, die so dicht um meine Schultern lag,
hast du mit einer harten Geste weggezogen.
Jetzt ist mir kalt am heißen Sommertag.

Der allzu scheue Vogel Zärtlichkeit,
von deiner bösen Stimme ist er aufgeflogen
bis zu den Toten. Zittert dort und schreit.

Du hast ihn um sein schönes Nest betrogen,
das er sich selten aus vier Händen baut.
Du warst zu schweigsam, und du warst zu laut.

Nicht erinnern

Du hättest mich nicht erinnern sollen
an diesen Tag des Vorjahres.
Nicht daran,
daß es fast so war wie heute –
die Straße und das Wetter.

Du hättest mich nicht erinnern sollen
an die Lügen des Vorjahres.
Nicht daran.
Du hattest sie vergessen, ich hatte sie vergessen.

Du hättest mich nicht erinnern sollen
an meine Liebe des Vorjahres.
Nicht daran,
daß es fast so war wie heute.
Die Straße und die Schmerzen,
fast so.

Aber heute
war eine besondere Wolke da –
auch der Wind ging anders.
Aber heute
hatten die Kinder grüne Ballons.
Auch meine Liebe ist anders.
Du hättest mich nicht erinnern sollen.

Gedichte um Judith

I

Bevor wir uns Namen sagten,
hatten wir uns erkannt.
Was deine Augen fragten,
erfuhr deine Hand.

II

Oh, Judith.
In welchem Drahtzaun
hing deine Liebe?
Auf welchem Appellplatz
verreckte deine Sehnsucht?
Welcher Stiefel
zertrat deine Hoffnung?
Welche Kugel
zerfetzte dein Lächeln?
Mit welchem Leibgurt
henkten sie deine Zärtlichkeit?
Oh, Judith,
so in unsrer Mitte
immer noch lebend,
durch welchen Schornstein
ging damals
dein Herz?

III

Wie weit kamst du gegangen,
als ich dich da umfangen
in all der Dunkelheit?
Was hab bei deinen Küssen
ich alles fürchten müssen?
Was trug dich fort – so weit?
Wohin bist du gefahren
im Rauch aus deinen Haaren?
Wofür warst du bereit?

IV

An deinem Arm
die blaue Nummer
hast du löschen lassen.
Was löschtest du aus?
Wodurch bist du gekommen,
wohin bist du gegangen –
kamst du nach Haus?
Du hast dein Leben
weitergetragen.
Wer trug die Schuld?
Wessen Vertrauen
konnte erfahren
von deiner warmen Geduld?

Wer kann es wagen,
wenn du es zuläßt,
dich anzufassen?
Auf deinem Arm freilich
die blaue Nummer
hast du löschen lassen.

V

Ja!
Ich bin der Gezeichnete.
Wie soll ich dir
meine Hände zeigen?
Ja! sie sind sauber geblieben.
Aber auch ich
wusch mich
mit dieser Seife!

VI

Bei diesem Dorf
in diesem Wald
war das Lager.
Dieser Wald wächst noch,
diese Natur ist unschuldig,

diese Kinder
zogen nach Himbeeren aus.
Das Gras, Judith,
weiß nicht Bescheid.
Frag doch die Kinder!
Geh in ihr Haus.

VII

Welches Tier
läßt seinesgleichen
sterben mit Lust?
Welches Tier
ersinnt Tode?
Keiner hat alles gewußt.

VIII

Mein Vater
war nicht unter den Mördern.
Meine Mutter
hatte die Mörder nicht lieb.
Aber dein Volk,
wohnend mit meinem Volk,
hatte kein Land und wurde

zusammengetrieben in kein Land,
das wird genannt bleiben:
Auschwitz, Mauthausen, Treblinka.
Und seine Mörder
kamen aus meinem Volk.

IX

Deine erste Liebe
hieß Fritz.
Oh, Judith,
schließe die Augen nicht,
wenn du so daliegst
unter diesem Himmel
für mich,
gehe nicht, Judith,
sieh mich noch an,
höre mich noch:
Mein Vater
war nicht unter den Mördern.
Meine Mutter
hatte die Mörder nicht lieb!

X

Wohin bist du gegangen,
wie soll ich dich umfangen
in all der Dunkelheit?
Wohin bist du gefahren
im Rauch aus deinen Haaren.
Was trägt dich fort – so weit?

Mahnung an C.

Geh sorgsam mit dir um,
dich kann's nur einmal geben
und auch nur kurz –
man darf dich nicht verbrauchen
wie einen Rohstoff.
Du bist kein Produkt.
Entzieh dich der Statistik,
du bist wichtig.
Bewahre dich,
weiche der Härte aus,
verweigre dich
den Überflüssigkeiten.
Gib deine Antwort selbst,
stell selber deine Fragen,
gib acht auf dich,
dich gibt es nur einmal.

Ballade von Anna und Anne

Anna

Anna liebte einen Brunnenbauer,
doch der sah sie nie an.
Konrad sah sie, als sie Wäsche hatte,
stand herum und war Mann.

Anna ließ sich von ihm küssen
nach dem Feuerwehrball.
Dann hat er sie nehmen müssen,
denn man wußte es überall.

Ihre Liebe brannte sechzehn Wochen,
dann zog sie zu ihm hin,
kriegte nacheinander vier Kinder,
wusch und kochte für ihn.

Er war Kutscher, brachte Holz und Kohlen
zu den Leuten in der Stadt,
soff nur einmal in der ganzen Woche,
und er machte sie satt.

Wenn die Anna wußte, daß er fremd ging,
trug sie immer ihr schwarzes Kleid,
denn dann war sie, wie sie sagte,
eine Witwe auf Zeit.

Doch sie stellte weiter alle Tage
seinen Topf auf den Herd.
Und sein Messer stak in dem Brotlaib,
wenn er mürrisch heimgekehrt.

Anna schlief dann in der Küche,
auf der Herdbank, graue Maus.
Und die nichts als seine Magd war,
zog sich nicht für ihn aus.

Vor den Kindern, wenn es nötig wurde,
nannte sie ihn, den Herrn Schmidt.
Danach soff er meist vier Tage,
weil er wußte, wie sie litt.

Aber immer nach sechzehn Wochen
wusch die Anna ihr Haar,
legte vorher ihr schwarzes Kleid ab
und was schwarz an ihr war.

Anna trug dann bunte Kleider,
wenn er nachts wiederkam.
Anna sang vor sich hin und lachte –
wie am Tag, als er sie nahm.

Immer wieder, in allen Jahren,
trat sie so vor ihn hin,
dann vergaß Konrad jede andre,
so sehr liebte sie ihn.

Anne

Anne hatte ihre Mutter
niemals weinen gesehn.
Da hat Anne sich geschworen,
das wird ihr nicht geschehn.

Anne war nie zu Diensten,
Anne beugte sich nie,
Anne wurde nie Frauchen,
kam ihr einer ans Knie.

Anne kannte manche Schwäche,
auch die Schwäche als Frau.
Doch wo andere wegsahn,
sah die Anne genau.

Anne fragte sich manchmal,
was die Männer so stört,
wenn sie merken, daß zum Körper
auch ihr Köpfchen gehört.

Anne liebte und lernte
und verdiente ihr Geld.
Dann hat Anne dem Dozenten
eine Frage gestellt.

Anne kriegte zwei Kinder,
Anne wurde Doktor.
Doch der Mann, der sie machte,
kommt bei ihr nicht mehr vor.

Dieser wollte auf einmal
seine Ruhe bei ihr,
doch da setzte die Anne
seinen Stuhl vor die Tür.

Anne geht jeden Morgen
wie ein Mann aus dem Haus.
Manchmal fragt sie sich selber:
wie lang hältst du das aus.

Manchmal fragt sich auch Anne –
kann es nicht leichter sein?
Dann besucht sie die Mutter,
dann sagt Anne sich: Nein.

Jetzt lebt Anne mit einem,
der den Kindern gefällt
und nichts will, was nicht Anne
selber will von der Welt.

Einmal fragte Anna ihre Anne:
„Kind, wie wird das nur gehn?“
Da hat Anne sie gestreichelt.
Doch, das werden wir sehn.

Das Ufer

Dein Haus am Ufer
sollte sicher sein.
Du wagst dich oft hinaus,
läßt es allein.
Und kaum der Blick zurück
hält dich noch auf,
dich lockt der Sturm,
er treibt das Meer zuhauf.
In Sturm und Wellen
treibst du um da drauß,
wie solltest du dich sorgen
um dein Haus.
Kehrst du erschöpft zurück,
hat es zu stehn:
fest, unverändert –
dein wie ehedem.
Was aber,
warst du allzulange fort,
geschieht mit dir,
steht es nicht mehr am Ort
und Trümmer findest du,
von Rauch umweht?
Fragst du erstaunt,
ob auch ein Sturm
am Ufer geht?

Beieinandersitzen

Einfach beieinandersitzen,
tut mir gut und macht mich froh,
dieses stille Beieinander
war bei keiner andern so.

Ohne Zeichen, ohne Rede
steigen wir aus unsrer Hast,
setzen wir uns hin und schweigen,
halten beieinander Rast.

Jeder ist dann auch der andre,
still und freundlich ist der Blick,
doch dann lächeln wir und springen
in die große Hast zurück.

Und allein

Zwischen Tieren sind wir jetzt schon Fremde.
Zwischen Gräsern, zwischen Bäumen auch.
Fremd ist uns der Erdgeruch der Moose.
Uns verwirrt der Wind. Des Regens Hauch.

Unsre Liebe ist zu Haus in Städten.
Ihre Landschaft läßt uns sorglos sein.
Zwischen ihren Lärmen und Gerüchen
fühlen wir uns sicher. Und allein.

Selbstbetrug

Bevor du gehst,
mußt du die Vögel
noch füttern,
weil doch Schnee ist
und weil sie verhungern
ohne dich,
sagst du.

Willst du nicht wissen,
daß sie Flügel haben,
in all der Kälte,
daß es noch Futter gibt –
anderswo?
Trotz all des Schnees?

Sie

Sie waren ehrlich, denn sie liebten sich.
Und taten sich doch beide oft so weh
mit dem was vorher war.
Sie wollten sein so unberührt wie eh
und wollten immer ganz und gar
nur füreinander dagewesen sein.
Sie waren groß und wollten sein so klein.

Sie hatte immer noch die Haut wie Schnee
und in den Augen war
das Wundern wieder da.
Und dennoch hatte sich in ihrem schwarzen Haar
von ihrem Brand schon mancher Mann erholt.
Schon mancher Mann,
der sich an ihre blassen Lippen hing
und der danach wohl kaum noch nach ihr sah,
wenn sie gesenkten Blicks vorüberging.
Nun sollte er der Erste für sie sein.
Sie war so groß und wollte sein so klein.

Er war schon längst ein Mann und hatte immer noch
den kleinen Stern gesucht, um dessen Glanz
das Tier in ihm so oft erschrak
in seiner Ahnung, daß es ihn nicht gab,
wenn er bei dieser oder jener lag.

Dann fand er sie.
In ihrem Blick schwamm dieser Stern.
Und schwamm für ihn allein.
Er war so groß und wollte sein so klein.

Es ist so schwer und kann so einfach sein.
Wenn schon der Schlaf um alle Stirnen strich,
dann lagen sie noch wach und müdgeküßt
und hätten gern, was vorher war, vermißt.
Und wollten Wahrheit, denn sie liebten sich.

Und wußten dennoch alle beide nicht,
daß mit dem allerersten scheuen Kuß
und mit der allerersten Zärtlichkeit,
nach der der Leib mit allen Sinnen schreit
– wenn man zum ersten Male wirklich liebt –
daß alles hingeht in das Land Vergangenheit
und daß man klein und hilflos werden muß,
um groß zu werden, weil man liebt.

Relaisstation

Als sie sich trennen mußten,
sagte sie ihm noch:
Siehst du den Mond
so weiß und oben stehn?
Bei seiner Wiederkehr,
wo du auch bist,
sollst du in ihn
wie in den Spiegel sehn.

Denn in den Nächten,
wenn ich einsam bin,
will ich wie du
oft in sein Leuchten schaun.
Er wird der Spiegel
unsrer Liebe sein.
Und über ihn laß uns
den Weg der Sehnsucht baun.

Er nickte nur,
hat sie geküßt und schwieg.
Der Weg zum Flugzeug
war für ihn noch weit.
Sie wußte nicht,
dort, wo er leben wird,
scheint auch der Mond
zu einer andren Zeit.

Bei einem Abschied

Laß uns nicht auseinandergehn
wie Leute,
die ein schlechtes Geschäft
gemacht haben.
So nah
sind wir uns nur gekommen,
weil wir uns sonst
nicht erkennen konnten.
Wenn du von Betrug reden willst,
rede von Selbstbetrug.
Wenn wir etwas verloren haben,
sind es Illusionen.
Was wir gewonnen haben,
sind Erfahrungen.
Enttäuscht sind wir nur
von uns selber.
Daß wir uns trennen,
liegt daran,
daß wir ehrlich waren.
Laß uns nicht auseinandergehn,
als ob wir
ein schlechtes Geschäft gemacht hätten.

Böses Lächeln

Als du mir anvertraut hast,
wie du einen unglücklichen Freund
kränken könntest,
hast du,
im Vorgefühl deines Erfolges,
böse gelächelt.

So schön du auch bist –
so häßlich
habe ich dich bis dahin
niemals gesehn.

Blinde Liebe

Sag mir, wohin dich der Wind treibt,
ich hoffe dort auf dich.
Zum Hoffen bleibt mir noch immer
zwischen Himmel und Erde der Strich.

Eigenliebe

Wie kann sich glücklich nennen,
wer dazu
nichts weiter will
als sein Gefühl von Glück.
Wenn der,
durch den er's ist,
an seiner Seite hofft,
glücklich zu werden.

Wer bist du?

Dein Fleisch
entzündet immer noch
mein Fleisch.
Aber wer bist du,
daß ich es dir
gestatten sollte,
mich unglücklich zu machen
für eine lange Zeit?
Du bist ohne Freundlichkeit.
Von deinen Forderungen
sind die,
die du an dich stellst,
die geringsten.
Um dich zu behalten,
müßte ich schlechter sein
als ohne dich.
Wer also bist du?
Um mich unglücklich zu machen
für eine lange Zeit?

Vermischungen

Da sind sie aufeinander zugekommen,
wie Meer und Himmel, die der Sturmwind jagt.
In ihrer Brandung sind sie hingeschwommen
und haben nicht nach Ort und Zeit gefragt.

Sie waren ganz in ihrem Kuß vergangen,
so, daß der eine auch der andere war.
Sie war in ihm und er in ihr gefangen.
Sie wurden eine Haut, ein Herz, ein Haar.

Dort, wo sich Meer und Himmel immer finden,
ist die Vermischung laut und voll Gewalt.
Doch in den höchsten Höhen, tiefsten Gründen,
sind Meer und Himmel weiter still und kalt.

Ideal der Polarität

Wenn alles locker bleibt,
wenn unsre Köpfe
wie unsre Körper
zueinander finden
und wenn wir
miteinander
Liebe machen,
wird auch der Abstand
deutlich,
den wir brauchen,
damit das Kraftfeld
unsrer beider Wesen
mit Plus und Minus
aufeinander
wirken kann.

Die Liebe muß sein!

Die Liebe muß sein, sagten die Leute.

Die Liebe ist stärker als alles, sagten die Leute,
denn schließlich, sagten die Leute,
war die Liebe immer schon da.
Und also sagten die Leute:
Die Liebe wird immer sein.
Aber die Liebe wird unterdrückt!
sagten die Leute,
die Liebe muß sich verstecken,
die Liebe hat Angst, sagten die Leute.
Das darf man der Liebe nicht antun!
sagten die Leute
und haben die Liebe befreit!

Jetzt gibt es ein Land,
wo die Liebe gesiegt hat,
da macht jetzt die Liebe die Gesetze,
denn die Liebe hat zu bestimmen
über die Leute.
Nun gilt von Montag bis Sonntag
nur noch die Liebe,
und jetzt sagen die Leute, im Namen der Liebe:
Es gibt nur eine einzige, richtige, wahre Liebe,
und die haben wir!
Wer unsre Liebe nicht will, verdient keine Liebe!
Es gibt keine andere Liebe mehr in der Welt.

Die Liebe muß sein, flüstern die Leute.

Jünglingsklage

Überall
diese Kinderspielplätze!
Sogar
in die engen Straßen
schieben sie sich.
Und erst die Auslagen
der Babyausstatter:
Aufdringlich schön!
Kinderwagen in allen Farben –
Säuglingsmahlzeiten,
für Generationen vorgekocht!
Kindergeld garantiert
und bezahlter Schwangerschaftsurlaub!
Kindergärten –
wohin man spuckt!

Wie soll man da noch,
angesichts dieses fruchtbaren Frühlings
und solcher unablässigen Fürsorge,
mit einer zarten Tochter
dieses nachwuchssüchtigen Landes
über das Wetter reden –
und wo?

Romanze

Als sie ihn bemerkte, stand er da,
sprach gemessen und war klug und groß.
Als er dann auf ihre Brüste sah,
legte sie die Hände in den Schoß.

Er sah ihre Schultern, ihren Mund,
er bemerkte auch: Sie hört dir zu.
Sie verwirrte ihn. Sie war zu rund
in den Hüften und trug rote Schuh.

Rote Schuhe, weiße, feste Knie
und im Nacken schweres, schwarzes Haar.
Da war alles, was er sagte, schwer für ihn,
weil es unter ihrem Blick geschah.

Ungesagtes

Ich sitze neben dir, rühr keinen Finger
und schau wie du auf eine Leinewand.
Der Raum da zwischen uns wird nicht geringer,
wir spüren nicht einmal des andern Hand.

Durch fünfmal Stoff weiß ich, daß deine Hüften
und deine Arme glatt und schmiegsam sind.
Ich sah dich bisher nur in weiten Mänteln
und spüre dich doch so, als wär ich blind.

Es tut fast weh, die Hand nicht auszustrecken
und dich zu streicheln, sacht und ohne Scham.
Wie soll ich dir im hellen Licht begegnen –
ich weiß nicht einmal, wie das alles kam.

Wenn du nicht da bist

Wenn du nicht da bist,
hab ich noch immer,
was du gesagt hast
und dein Gesicht.

Von deinen Worten
behalt ich am längsten
die leisen.
Fast ihren Klang nur,
das Streicheln.
Dann sind da solche,
die weh tun,
– schwer zu vergessen.

Von den Gesprächen wird bleiben,
nur was uns neu war.
Wo die Gedanken sich trafen.
Da ist der Klang deiner Stimme
am wenigsten weiblich, aber
sehr menschlich.

Nie zu vergessen ist dein Gesicht.
Schönheit vergißt man mitunter
durch Nähe.

Mir aber ist dein Gesicht
so lebendig wie Erde.
So sehr
sind Gesichter es selten.

Wenn du nicht da bist,
weiß ich ganz sicher,
was du gesagt hast
und dein Gesicht.

Froh und traurig

Froh und traurig
bin ich, weil ich fühle.
Wenn ich fühle, weiß ich,
daß ich lebe.

Froh und traurig
machen uns die andern.
So wie wir sie
froh und traurig machen.

Durch dich fühle ich,
wie sehr ich lebe.
Deshalb liebe ich dich:
Froh und traurig.

Der kleine Unterschied

Das ist der Unterschied:
Du kriegst die Kinder.
Der Rest ist unerheblich,
denn in einer Welt,
in der wir gleichen Stellenwert besitzen,
in Recht und Pflichten
voreinander gleich sind,
liegt alle Divergenz
nur in den Köpfen.
Da aber, liebste Freundin,
deren Busen
und deren Beine
mich sehr daran hindern,
den falschen Unterschied zu ignorieren,
vollzieht sich alles,
was uns unterscheidet.

Mit der Frau X
kann ich zu jeder Stunde,
an jedem Orte über Arbeit reden.
Die X denkt klar und richtig,
daß sie Frau ist,
hat keinen Einfluß auf den Wert der Lösung,
die sie zu bieten hat –

Sie hat ein Köpfchen,
um das sie mancher Mann beneiden könnte.
Ihr eigener Mann
ist leider andrer Meinung.
Das ist der Unterschied:
Sie kriegt die Kinder.

Das andere Geschlecht

Ich möchte von den jungen Frauen sagen,
daß ihre Art zu lächeln und zu fragen,
und wie sie unsre Eitelkeiten tragen,
von keinem Manne zu erreichen ist.

Weil wir die Art, wie junge Frauen lieben,
mit der sie uns bis in das Weltall trieben,
bis heute uns und ihnen schuldig blieben.
Und immer haben sie uns noch geküßt.

Es wäre schön, wenn junge, kluge Fraun,
die sich und später wieder uns vertraun,
die Männerwerke endlich fertig baun.
Und wenn ihr Lächeln dann noch gütig ist.

Fahrkarte

Trag mir nicht nach,
daß ich dir freundlich war.
Es war uns beiden nur
die kurze Rast
an einem später nie
besuchten Ort vergönnt.
Nun finde ich
bei mir nach Tag und Jahr
die gelbe Karte,
die uns schnell getrennt.

An eine Ironische

Hinter meinem Rücken kannst du lachen
über meine Art, dich anzusehn.
Aber lache nicht vor meinen Augen,
denn ich muß noch unter Menschen gehn.

Guter Morgen

Seit ich erwacht bin, träume ich von dir.
Ich möchte wieder zwischen deine Arme.
Ich seh nach draußen, und dort rollt der Tau
wie über deinen Hals vom Gras, da wollen warme
und braune Knospen näher an das Licht.
Der Himmel macht sie munter. Er ist blau.
Am Waldrand kommt die Sonne aus der Nacht.
Ich sehne mich nach dir, ich bin erwacht.

Tagesbeginn

So gibt es viele Zärtlichkeiten
zwischen uns:
Ich füll dein Glas,
du wärmst mein Handtuch an,
ich schneid dein Brot,
du suchst nach meiner Brille.
So machen wir uns
füreinander wach,
bevor wir jeder
an die Arbeit gehn.

Problem

Du bittest mich, ich soll dich kühler küssen.
Nur meinem Blick erlaubst du anzufassen.
Von meinen Händen möchtest du nichts wissen.
Ich soll sie tief in meinen Taschen lassen.

Gelassenheit ist eine schöne Gabe.
Ich fürchte nur, sie wird uns wenig nützen.
Wenn ich die Hände in den Taschen habe,
wie soll ich mich vor deinen Händen schützen?

Über Feuer

Als die Feuer meiner Liebe lohten,
waren sie zu hell für deine Augen,
waren sie zu heiß für deine Arme,
und du hast dich freundlich umgedreht.

Als die Feuer meiner Liebe brannten,
störte dich das Knistern ihrer Flammen,
zauste dir ihr Wind zu sehr die Haare,
und du sahst nicht, was für dich verbrennt.

Als die Feuer meiner Liebe strahlten,
hattest du ihr Licht in deinem Rücken
und den Wald mit seinem Holz vor Augen,
und du gabst nicht auf die Feuer acht.

Langsam sind die Feuer klein geworden,
und es fröstelt dich an deinen Armen,
und es kommt dir Asche in die Augen,
wenn du traurig in die Gluten bläst.

Das Gesetz der Liebe

Wer sich selbst
mehr liebt
als jeden anderen,
aber geliebt werden will,
kann nur
eine würdelose Liebe
erlangen.
Solche Liebe aber
ist Sklavenliebe.

Niemals
haben Herren
und Sklaven
miteinander
Menschlichkeit
produziert.
Nur Ebenbürtige
produzieren
miteinander,
auch in der Liebe,
die Würde.

Unter Fußgängern

Du hast mir einen Flügel abgebrochen,
weil du nicht wolltest, daß ich fliegen kann.
Du wolltest mir in allem folgen können.
Jetzt bist du fort. Ich wurde dir zu komisch.
Mit einem Flügel magst du keinen Mann.

Bedingungen

Es ist wahr,
ich brauche viele Menschen,
damit mich
viele brauchen können.
Alle zusammen aber
reichen nicht aus,
mir den Menschen zu ersetzen,
den ich auch dann brauche,
wenn ich unnütz bin:
Dich.

Im sechsten Jahr

Wir haben den Streit und den Kummer vergessen,
der mit uns war.
Wir sorgen für Kinder, Gedanken und Essen –
wir sind uns klar.

Wir hatten die Welt an uns selber gemessen,
das gilt nicht mehr.
Wir fanden für uns die gleichen Interessen
und sind nie leer.

So haben wir uns immer öfter gefunden,
was sonst auch war.
Für uns hat der Sonntag zu wenige Stunden
im sechsten Jahr.

Zuneigung

Ich kann dich
riechen,
schmecken,
hören,
fühlen,
ansehn.

Ich mag dich
munter,
müde,
aufgeregt
und still.

Auch was mir nicht
an dir
gefällt,
kann ich
verstehen.

Weshalb ich gerne
bei dir
mit dir
älter werden
will.

Nach seinem Tode

Sein Buch ist da. Sein Brot nicht aufgegessen.
Da ist die Schere, der bequeme Schuh.
Da ist sein Lächeln, da hat er gesessen,
so schlug er immer seine Türen zu.

Wir können noch am Abend mit ihm schweigen.
Wir können noch nach seinen Blumen sehn.
Wir können uns noch seine Hüte zeigen,
wir können seinen Ärger noch verstehn.

Doch langsam geht auch er in uns verloren.
Mit andren Füßen gehen seine Schuh.
Sein Hut ist wie zuvor ein Hut geworden,
nach seinen Maßen mißt ein andrer zu.

Ein blaues Glas

Nimm dieses blaue Glas. Es wird sich unterscheiden
von allen andren blauen Gläsern gleicher Art.
Hast du es fünfzig Jahre heil verwahrt,
wird man dich später um das Glas beneiden.

Im Jahr zweitausend wird man zu dir sagen:
So altes Glas – noch heiler als die Welt.
Damit es deinen Händen nicht entfällt,
wirst du es langsam durch das Zimmer tragen.

Erinnerungen werden freilich blasser,
doch fall ich dir an diesem Tage ein,
dann füll für mich das blaue Glas mit Wasser
und stelle mir zwei Blüten Mohn hinein.

Erfahrung

Leb wohl,
mein Kopf ist wirr,
mein Leib ist ausgebrannt.
Nun weiß ich Schmerzen,
die ich bisher nicht gekannt.
Geh los,
laß mich allein,
wir kommen nicht mehr an.
Doch habe Dank.
Ich weiß nun wieder,
daß ich lieben kann.

Die Spiegel

Solang er sie begehrte,
schien es ihr,
als wären rings um sie
zuwenig Spiegel da.

In jedem Blick,
in jeder Photolinse, jedem Glas,
in jedem Lächeln
suchte sie ihr Bild.

Ein Jahr darauf
zerschlug sie ihre Spiegel,
weil er sie
mitten in der Nacht verließ.

Nun aber spürt sie
mit geschloßnen Augen,
was alles Spiegel
in der Welt sein kann.

Bedauern

Du bist die Tür
in eine Welt zurück,
durch die ich meine Wege
längst schon hatte,
in einer Zeit,
die sehr viel dunkler war.
Ich hatte wenig Blick,
mich umzusehn.
Jetzt ist mein Auge besser,
warum kann
ich nicht den Weg
mit dir
noch einmal gehn?

Alltäglichkeiten

Du hast den Kindern die Uhrzeit gesagt.
Nun wählst du dein Brot aus
und nimmst eines, das rissig ist.
Einen Augenblick lang
siehst du der alten Frau nach.
So große Mühe, weiterzuleben.
Zu Hause ziehst du die Schuh aus
und siehst auf einmal,
wie schäbig auch sie schon geworden sind.
Aber die Zeitung, die herumliegt,
legst du auf ihren Platz.
Dann beginnst du das Nützliche.
Es wird erwartet von dir.

Dein Lächeln

Türme Gebirge auf
und leite Meere um.

Finde den Kern
des Kerns aller Kerne.
Baue die Erde nach.

Mache ein End
der Unendlichkeit,
teile sie.

So vieles
hängt weiterhin ab
von deinem Lächeln.

Darlegung eines Unterschieds

Von ihr
wird gesagt:
Sie geht meilenweit,
um zu helfen.

Von dir
weiß ich:
Du läßt andere
meilenweit kommen,
dir zu helfen.
Und lehnst
ihre Hilfe
dann ab.

Nun
fragst du:
Warum
helfe ich ihr?

Bitterer Vorschlag

Von nun an bitte ich:
mich zu vergessen.
Ich bin nicht nötiger
als Salz und Wind.
Stört dich das Salz,
so zuckere dein Essen.
Stört dich der Wind –
bleib nicht, wo Winde sind.

An eine Zeitgenossin

Seit ich erlebt habe,
daß du mit Gegenständen,
weil sie dir gehören,
sorgsamer umgehst
als mit den Menschen,
von denen du vorgibst,
sie zu lieben,
weiß ich es sicher:
Was immer du,
zu deinem Vorteil,
begriffen hast –
Vom Sozialismus
hast du nichts begriffen.

Er liebte sie

Er liebte sie,
und so erfuhr er dies:
Als alles aufgeteilt war,
was sie hinterließ –
die Dinge, die Erinnerung, die Trauer –
und er allein war,
sah er sie genauer,
als er sie irgendwann im Leben sah.
Vor seinen Augen lag sie plötzlich da,
wo sie sein Leib vermißte,
wie an jenem Tage,
als er sie traf, um sie fortan zu lieben.
Er starrte, von Begierde eingefangen,
auf ihren Leib, der sich so wahr benahm,
als ob er sich in seiner Lust bewegte.
Doch da erhob sie sich,
kam auf ihn zu und legte
die Hand auf seinen schreckerstarrten Arm.
Und küßte ihn. Auch Hand und Mund war warm
und fest wie Leben, daß er nach ihr griff.
Doch sie entzog sich ihm und gab ihm zu verstehn,
daß sie ihn hier nicht will.
Er solle sie begleiten.
Da machte ihn der Schmerz erstarrt und still.
Sie mußte wieder in das Nichts entgleiten

und zögerte und sah sich nach ihm um.
Er lächelte ihr nach und folgte nicht.
Seit diesem Tage kennt er Heiterkeiten,
die stehen ihm für Stunden im Gesicht
und machen alle, die ihn ansehn, stumm.

Siebzehneinhalb

Sie lagen beieinander jede Nacht
und spielten nur das niemals gleiche Spiel.
Sie haben sich um ihren Schlaf gebracht,
und niemals wurden sie sich selbst zuviel.

Und in den Pausen, wenn er ruhig lag,
da dachten sie sich zwischen Küssen aus,
wie rund ihr Leben wird nach Jahr und Tag,
und stellten Möbel in ihr Zukunftshaus.

Sie stritten nie, und selten kam es vor,
daß ihre Meinung nicht zusammenfand.
Statt einer Antwort biß er sie ins Ohr,
und seinen Mund verschloß sie mit der Hand.

Ihr Kummer dauerte, wenn Trennung kam,
vom Morgen, wenn er aus dem Zimmer schlich,
bis er sie wieder in die Arme nahm.
Sie dachten auch beim Fernsein nur an sich.

Bis zu dem Tag, als alles sinnlos schien,
weil er nicht kam zur eingespielten Zeit.
Sie lag erstaunt und wartete auf ihn. –
Sie wußte nur noch Abende zu zweit.

Am nächsten Morgen ging sie still hinaus.
Die Luft war eisig und der Himmel klar.
Dann lief sie klein und frierend vor sein Haus
und wußte plötzlich, was die Liebe war.

Plan für einen Abschied

Ich werde mich einrichten darauf,
obwohl es lange dauern kann,
daß du kommst, mir zu sagen:
Nun ist es so.
Ich werde langsam gehn.
So wird es nicht nötig sein,
stehenzubleiben.
Die schwersten Ängste
werde ich auf mich laden
zu Anbeginn, so
wird es mir leichter
dem Ende zu.
Vieles
werde ich abgelegt haben,
solange die weißen Gipfel
der Einsamkeiten
noch ferne sind.

Ich werde mich einrichten darauf,
daß mein gefährlichster Gegner
ich selber bin.
Nur so
kann ich sicher sein,
daß ich mir nicht
in den Rücken falle.
So
werde ich mich besiegt haben,
bevor ich mutlos bin.
Aber
ich werde mich einrichten darauf,
daß es lange dauern kann.

Wie du mich liebst

Wie du mich liebst,
so ist es gewesen:
  Treibend auf bitterer Welle,
  vom Salze die Lippen gesprungen –
  aber
  wie loderte über den Horizonten
  der Sonnenball.
Wie du mich liebst,
so ist es gewesen:
  Sitzend in schlechter Behausung,
  vom Froste die Finger geschunden –
  aber
  wie wuchs aus den Chiffren der Zeichnung
  das künftige Werk.
Wie du mich liebst,
so ist es gewesen:
  Tastend im Dickicht der Zweifel,
  den Schädel vom Denken zermartert –
  aber
  wie stieg aus dem Grund der Gedanken
  die reife Erkenntnis.

Wie du mich liebst,
so ist es gewesen:
  Irrtümer,
  Mühsal,
  Freuden und
  Siege.

Engel

I

Wir sind die Engel
mit dem einen Flügel.
Wir gehen in der Welt umher
und suchen.
Wir müssen unsren zweiten
Engel finden:
Wir haben Sehnsucht,
denn wir wollen fliegen.

II

In den Verliebtheiten
gleichen wir alle
den Engeln.
Zwischen den Engeln
sind die Gespräche
über das Fliegen
alltäglich.
Auch wir
sprachen
über das Fliegen.

Trauer

Mich hat die Trauer
leicht gemacht
wie eine Feder.
Wird meine Tür geöffnet,
trägt es mich ins Freie.
Jetzt hilft es nicht,
mir Hände herzureichen.
So schnell kann ich
doch keinen Halt gewinnen.
Ich bin so weit entfernt
von allen Dingen
und würde mich so gern
an ihnen stoßen,
damit der Leib
den Schmerz der Seele
abnimmt.

Daß es dich gibt

Schon,
daß es dich gibt,
macht mich heiter.
Dein Brot kaufst du so,
daß es nicht alt wird.
Über der Zeitung
vergißt du dein Zahnweh.
Für dich
brauchst du am wenigsten Zeit.
Niemals gelingt es dir,
alles zu machen,
was dich beschäftigt, denn
dich beschäftigt zuviel.
Langweilen
läßt du dich niemals,
eher vergißt du die Höflichkeit.
Daß du eine Frau bist,
gilt nie als Entschuldigung.
Auch wenn du unrecht hattest,
kannst du noch lächeln –
Nicht nur
über dich.

Mädchen

Noch ihre Mütter
waren zufrieden,
sagte man ihnen:
Ich liebe dich.

Sie
wollen inzwischen
schon wissen:
Warum?

Auszeichnung

Ich habe den prächtigsten Orden,
den jemals das Leben vergibt.
Durch ihn bin ich menschlich geworden:
Ich werde von Menschen geliebt.

Erinnerung an eine Kopulation

Was blieb von ihr nach einer heißen Nacht.
Was blieb von ihm, nachdem zehn Jahr vergingen?
Zufall hat sie an einen Tisch gebracht –
Man sprach, erkannte sich und hat gedacht:
Wo war es nur, als wir uns wann umfingen?

Wohnungen

Wenig bleibt von einer großen Liebe
in den Zimmern, wo sie wohnhaft war.
Nichts geschieht mit einem Bett, das bliebe.
Nur am Spiegel krümmt sich noch ein Haar.

Fort sind längst die Bücher, die sie lasen,
weil ein andrer andre Bücher hat.
Andre Blumen stehn in andren Vasen,
und das Tischtuch ist nur weiß und glatt.

Selbst die hellen Flecke an den Wänden
zeigen nur, daß dort ein Bildnis hing.
Fort ist jede Spur von ihren Händen,
weil ein Staubtuch über alles ging.

Nichts ist da, was noch für Dritte bliebe,
was ein fremdes Auge ganz versteht.
Aber alle Zeichen liest die Liebe,
wenn sie suchend durch die Zimmer geht.

Du gehst

Es war so,
daß ich dich suchen mußte.
Es war so,
daß ich dich finden mußte.

Daß ich dich kennen,
daß ich dich lieben mußte –
es war so.
Daß ich dich halten mußte –
so war es nicht.

Er an sie

Du bist der beste Freund für gute Stunden.
Dann bist du witzig, heiter, klug und schön.
Dann bin ich glücklich, daß ich dich gefunden,
dann kannst du mich wie niemand sonst verstehn.

Weil es dir gut geht. Aber geht es schlechter,
zeigt dir das Leben nicht sein Spaßgesicht?
Du bist mein bester Freund für gute Stunden.
Ein Freund für schlechte Stunden bist du nicht.

Abschied

Als sie wußte, daß er kommen würde,
hatte sie sich vorgenommen, Schluß zu machen.

Als er vor ihr stand, in ihrem Zimmer,
wollte sie ihm sagen: geh doch wieder.
Aber weil es so in seinen Augen glänzte,
küßte sie ihn noch.

Als er von ihr ging am nächsten Morgen,
hatten sie das letzte Wort gesprochen.
Dennoch war sie etwas traurig,
als sie einsam in den Decken lag.

Fragen

Ach, er hatte sie so viel zu fragen,
als sie endlich vor ihm stand.
Da hat sie die Augen aufgeschlagen,
hat gelächelt, nahm ihn bei der Hand.

Ist mit ihm bis an ihr Bett gegangen.
Als er ohne alle Fragen lag,
hat sie ihn zu lieben angefangen.
Doch er mußte fort, es wurde Tag.

Seine Fragen hatte er vergessen,
weil ihm alles klar und einfach schien.
Er kam wieder, war von ihr besessen.
Da wies sie ihn ab und fragte ihn.

Schönheit

Mich schmerzt die Schönheit
wie zu großes Glück.
Sie hält mich in der größten Eile fest.
Die Fleischlichkeit des Menschen
ist so kurz,
daß ihre Blüte
mich erschrecken läßt.

Nach einer Reise

Du bist in mir gewesen
still und die ganze Zeit.
Da hat dich nichts vermindert,
nichts hat mich so erinnert
wie deine Schweigsamkeit.

Deshalb?

Wir alle
suchen den Menschen,
der unser Leben
sinnvoller macht.
Du meinst
ihn in mir
gefunden zu haben.
Soll ich nun
die Suche aufgeben –
Deshalb?

Als was

Als was
bist du eingetreten,
daß ich dich nicht erkannt habe –
Termite?
Als was
habe ich dich
an mein Gebälk gesetzt,
Schwamm?
Was
ließ mich dir
mein Dach öffnen –
Regen?
Warum kann
ich dich jetzt erst erkennen,
ausgehöhlt,
aufgeweicht und zersetzt?
Nun,
da ich die Arten
des Kummers kenne,
denen ich bisher
entgangen bin?
Du kamst als Liebe!

Exerzitien

Versuche,
manchmal einen Satz zu sagen,
der natürlich aus dir kommt,
obwohl er das Wort ICH
nicht enthält.
Lerne,
zu Anfang vielleicht
in der Stille,
wenigstens das Wort DU
auszusprechen.
Bis zum WIR
ist es zwar
noch sehr weit –
aber,
wenn du wenigstens
gelernt hast,
statt ICH – DU zu sagen,
können wir
weitersehn.

Ermutigung

Wenn sich zwei in ihre Liebe schlagen
wie in Mäntel gegen Zeit und Wind
und nach nichts als nach sich selber fragen,
machen sie auch ihre Liebe blind.
Zeit und Wind wird ihren Kuß verwehn.

Eine Liebe läßt sich nur zu zweit ertragen,
wenn die Türen, die zur Welt gehn,
offen sind.

Nach einer Geburt

Wer da zum ersten Mal ans Bett der Liebsten tritt,
kann seine Zärtlichkeit nicht mehr in Worte fassen.
Von allen Wünschen bringt er nur den einen mit:
sie niemals mehr so sehr allein zu lassen.

Die Liebe kennt kein andres Lied zu dritt
als dies: Nun laßt uns glücklich werden.
Es ist so einfach. Was der Mensch auch litt,
so froh war nie ein andres Lied auf Erden.

Dreifaltigkeit

Einfalt

Mein Leib wird diese Erde nie verlassen.
Mein Fuß wird nie auf andren Sternen gehn.
Die Hand wird nie den Staub des Alls befühlen.
Das Auge wird nur einen Himmel sehn.

Mond bleibt für mich die fleckig gelbe Scheibe,
die nachts im wolkenlosen Dunkel steht –
die stehenbleibt, wenn ich den Schritt verhalte,
und wenn ich gehe, mit mir weitergeht.

Für mich sind Sterne helle ferne Punkte
hoch über mir in jeder klaren Nacht.
Die Sonne bleibt für mich das warme Wunder,
durch das die Erde jeden Tag erwacht.

Auch Frühling, Sommer, Herbst und Winter bleiben,
mit Regen, Schnee, mit Sonnenschein und Wind,
die Kräfte, die mein Leben möglich machen,
bis meine Stunden abgelaufen sind.

Zwiespalt

Mein Geist hat keine Schwerkraft mehr
und hat die Erde längst verlassen.
Weit überm Weltall sucht er einen Punkt,
um das System als Ganzes zu erfassen.

Zugleich belauert er den Mikrokosmos,
nutzt jeden Spalt, um sich hineinzuzwängen
in den Atomkern, um das Unteilbare
um der Erkenntnis willen aufzusprengen.

Auch wenn er mich dabei zerstören würde,
weil er damit den eignen Kern zersprengt.
In ihn ist die Unendlichkeit gefahren,
und die hat keine Endlichkeit: sie denkt.

Inhalt

Die Seele aber, meine Menschenseele,
nicht Leib, nicht Geist und doch durch sie geboren
und in mir da, als Wesen dieser beiden,
macht, daß ich menschlich bin, und geht verloren,

wenn meine Menschlichkeit verlorenginge.
Sie einzig macht mein Leben menschenwert,
sie will nur eines: unter Menschen sein,
und hat sich nie um Zeit und Raum geschert.

Nur wo ich lieben darf, weil man mich liebt,
nur wo ich alles, was ich kann und bin,
im Handeln zeigen darf, wo meine Mühe
mit Menschlichkeit vergolten wird, da strebt sie hin.

Da wollen Leib und Geist ein Heimatrecht.
Nur wo ich selber unersetzlich bin
und unersetzlich mir die andern gelten,
hat all mein Sein und Trachten seinen Sinn.

Mein Leib auf Erden und im All mein Geist.
Und bei den Menschen immer meine Seele.
Sonst bin ich überflüssig, und es fehlt
dem Universum gar nichts, wenn ich fehle.

Alltägliche Lieder von Liebe

I

Als ich an der Straße stand,
hast du mich gefangen.
Ach, du regtest keine Hand,
du kamst nur gegangen.

Du hast mich nur angesehn
und sahst mich erbleichen.
Lächelnd bliebst du vor mir stehn.
Es gab kein Entweichen.

Doch dann gingst du wieder fort.
Stand und sah dich schwinden –
warum sagte ich kein Wort,
wie soll ich dich finden!

II

Ich muß jetzt nur noch rasch
hinunterlaufen,
muß Brot und Milch und ein paar Äpfel kaufen,
dann hab ich Zeit für dich.
Entschuldige,
es sieht hier schlampig aus,
doch ausgerechnet heute
kam ich sehr spät nach Haus.

Komm, setz dich doch –
versuch was fernzusehn.
Ich komme gleich,
du mußt das schon verstehn,
ich komme gleich
und mach mich für dich schön.

III

Ich bitte dich, tritt ein –
ich leg die Hefte
in zwei Minuten fertig aus der Hand.
Ich brauch sie morgen –
für die Zwischenprüfung.
Ja, stell die Tasche einfach an die Wand.
Nimm dir die Tasse, sie ist abgewaschen –
Tee ist noch warm –
Wurst liegt im Ofenrohr.
Ich wollte dich am Sonntag überraschen,
der Stecker wackelt,
sieh dich bitte vor.
Am Sonntag kannst du nicht,
drum kommst du heute?
Noch zwei Minuten. Alle sind dabei?
Ihr Eisenflechter seid verrückte Leute.

Du hast dafür den ganzen Dienstag frei?
Dienstag nachmittag?
Nächste Zwischenprüfung.
Du bist nicht müde – bleibst du heute hier?
Ich find dich lieb.
Los, fragen Sie, Herr Lehrer!
Geküßt wird hinterher –
links oben – Seite vier.

IV

Heute ist mir etwas Komisches geschehn:
Ich war sehr in Eile und spring aus dem Bus,
stürze in den Blumenladen, kurz vor Ladenschluß,
frage nach den Freesien, die du gerne hast –
und natürlich habe ich den letzten Strauß verpaßt.
Traurig gehe ich und bin schon an der Tür,
da winkt mich die Frau zurück, schenkt mir die
Blumen hier.
Sie war schrecklich dick und alt und grau,
doch sie lächelt jung und sagt: Für Ihre Frau.
Dabei hat sie dich und mich noch nie gesehn.
Ich will zahlen, und da sagt sie: Gern geschehn,
danke schön,
Ihre Frau wird warten, Herr, Sie müssen gehn.
Bitte sag mir – kannst du das verstehn?

V

Mein Mann? Ob ich ihn liebe?
Du, ich weiß nicht.
Er war auf keinen Fall mein Ideal.
Das hat sich so ergeben
durch die Arbeit.
Als Mann war er mir vorher schnurzegal.
Er war sehr hilfsbereit
und furchtbar sachlich –
so wie er jetzt noch ist –
ja, auch zu Haus.
Du, der macht alles,
wenn ich Spätschicht habe.
Auch Trockenlegen
macht ihm gar nichts aus.
Ja, meine Eltern waren sehr dagegen –
die wollen ihn
bis heute noch nicht sehn.
Doch, er wird akzeptiert
von den Kollegen.
Mach's gut – da steht mein Mann!
Auf Wiedersehn!

VI

Alle Tage sollst du satt sein,
deine Stirn soll immer glatt sein,
Platz für dich in jeder Stadt sein –
niemals sollst du ratlos sein.

Was du brauchst, soll für dich da sein,
ich will nützlich und dir nah sein.
Niemals sollst du Schweres träumen,
keinen Spaß sollst du versäumen,
manchmal sollst du traurig sein.

VII

Es ist ja wahr, die andere ist schöner,
sie ist allein und hat viel Zeit für sich.
Sie ist auch jünger und hat keine Kinder,
das macht sie sicher angenehm für dich.

Es ist ja wahr, ich bin am Abend müde,
wenn du ins Kino gehst, gehst du allein.
Ich hab zwei Kinder und hab zwei Berufe,
es ist schon leichter, nur ein Mann zu sein.

Es ist ja wahr, die andere hat Träume,
sie träumt von allem, was mir schon geschehn.
Ich lebe so mit dir, weil ich dich liebe,
ich bin nicht frei, ich kann nicht einfach gehn.

Es ist ja wahr, die Sonntage sind selten,
der Alltag färbt die hellste Liebe grau.
Doch was geschieht, geschieht das nicht uns beiden?
Weil du mein Mann bist, bin ich deine Frau.

VIII

Ich kann die Erde aus den Angeln heben,
ich kann auf alle Fragen Antwort geben,
ich kann die Wüsten Afrikas bewässern,
ich kann die Arbeit meines Chefs verbessern,
ich kann das Salz des Ozeans entfernen,
ich kann auf einmal drei Berufe lernen,
ich kann die Arktis ganz vom Eis befrein –
Ich kann das alles – ich bin nicht allein!

IX

Für dich
wird kein Himmel sich ändern,
für dich
wird kein Berg auferstehn.
Für dich
wird kein Mandelbaum wachsen,
nur für dich
kommt kein Wind, um zu wehn.

Für dich
wird die Erde nicht wandern.
Doch für dich –
für dich ganz allein,
für dich
bin ich täglich ein andrer,
um für dich
stets der gleiche zu sein.

X

Ich habe dich geboren,
aus uns bist du gemacht,
geh du uns nie verloren
und sei uns Tag und Nacht.

Du bist von unserm Leben,
die Frucht von unserm Baum.
Was wir dir weitergeben,
ist unser schönster Traum.

Schlaf tief, schlaf fest und träume –
sei uns ein liebes Kind.
Du fährst in neue Räume,
wenn wir schon nicht mehr sind.

XI

Still, sei still, die Kinder schlafen,
still, sei still, die Nachbarn auch.
Still, sei still, du störst die braven
Spatzen unterm Fliederstrauch.

Komm doch, komm – du mußt nicht weinen,
komm doch, komm – du mußt nicht schrein.
Komm doch, komm, du mußt nicht meinen,
andere sind nie allein.

Weh, ach weh tut jeder Kummer,
weh, sehr weh – bist du auch groß.
Komm, sei still, bald kommt der Schlummer.
Leg den Kopf in meinen Schoß.

XII

Zeig mir im nüchternen Morgen
sorglos dein müdes Gesicht.
Stell deine Falten und Sorgen
ruhig ins deutliche Licht.

Laß uns nicht Masken ausborgen,
älter wird keiner allein.
Laß uns für Freundlichkeit sorgen,
sonst wird die Liebe zu Stein.

XIII

Warum mußtest du vor mir sterben?
Warum mußte das sein?
Warum hast du mich hiergelassen?
Warum bin ich allein?
Warum hast du mir immer versprochen,
daß du mich niemals vergißt?
Warum ist nun das Letzte zerbrochen,
das mir geblieben ist?
Warum muß ich noch weiterleben
ohne dich und allein?
Warum muß es das Sterben geben?
Warum muß das so sein?
Immer hat alles mit dir begonnen.

Alles hatte mit dir zu tun.
Alles – dein Lächeln und deine Hände.
Alles, alles ist nun zu Ende.
Alles – was mache ich nun?

XIV

Ich muß schon wieder lächeln über dich.
Die Monika war hier. Sie hat die Haare
wie du geschnitten, als du neunzehn warst.
Und sie wird nächste Woche siebzehn Jahre.

Ich muß schon wieder lächeln über dich.
Ich hab den nassen Schirm nicht aufgespannt
und ließ ihn in der Blumenvase stehn.
Da dachte ich an dich und bin gerannt.

Die Nachbarin hat mir das Bad geheizt.
Der alte Badeofen fauchte fürchterlich.
Ich hab inzwischen Milch für sie geholt
und mußte wieder lächeln über dich.

XV

Die Liebe ist kein Zauberstab,
der jeden Wunsch erfüllt.
In jeder Liebe bleibt ein Teil
der Träume ungestillt.

Wer alles will, was Liebe kann,
der ist am End allein.
Die Liebe zwischen Frau und Mann
kann nie vollkommen sein.

Auf beide kommt es dabei an,
zu viel geht nur zu zwein.
Die Liebe zwischen Frau und Mann
muß Menschenliebe sein.

In Erinnerung

Ich habe wieder in deinen Gedichten gelesen, in deinen unfertigen, aber schönen und todtraurigen Erwartungsgedichten. Es sind Liebesgedichte voller Furcht und Sehnsucht. Du warst wohlgeformt und klug, begabt und empfindungsreich, und du warst zu jung, als du deinen letzten Satz niedergeschrieben hast: „Von den Gedichten soll nichts mehr veröffentlicht werden."

Schon ist es fünfzehn Jahre her, seit du dich fortbegeben hast „in eine Nacht, die niemand mehr erhellt". Und nun habe ich die Stirn, Angelika Krummacher, von deinem Letzten Willen zu sagen, daß es nicht dein Letzter Wille war.

In einem großen, ordentlichen Hause verging deine Kindheit. Versehen mit allem Wohlstand durchlebtest du sie, doch niemand dachte in diesem frommen Hause daran, daß du ein Mensch sein wolltest und auch versehen werden mußtest mit dem Sinn des Lebens. Jemand hatte vergessen, dir zu zeigen, wie man sich wertvoll macht. So hattest du am Ende deiner Kindheit nur deine einsame Unwissenheit in Selbstsucht und deine Sehnsucht nach Liebe. Bisher hatte dich niemand geliebt.

Was dann geschah, war so einfach. Du liebtest einen Mann mit dunkler Haut, du gebarst ein Kind mit dunkler Haut, und die Türen dieses frommen, ordentlichen Hauses schlossen sich für immer vor dir.

Da bliebst du allein mit deinem Sohn und hattest nicht gelernt zu arbeiten, nützlich zu sein und Freunde zu haben. Du wußtest nur in deiner selbstgeschaffenen, geistigen Welt Bescheid. Auch über das Bett nahm dich keiner in seine Welt mit, und es folgte dir niemand in die deine.

Als du in deiner Sorge um euer tägliches Brot von dem anderen deutschen Land in das unsere kamst, änderte sich daran für dich nichts.

Vier kurze Jahre lang hast du selbst zu leben versucht, gemalt und Gedichte geschrieben. Dann wolltest du nicht mehr. Da warst du „müde genug für einen nie endenden Schlaf". Aber dein letztes Gedicht endet mit diesem Vers:

Später noch
werden meine Lieder sein,
oder das Gedicht wird bleiben,
das ich schrieb in Hast
vor dem Dunkelwerden.
Und den Kuß werd ich noch spüren,
der wie eine Feder war.
So wirst du später mich verstehn,
vielleicht verstehen dann mein letztes Leben.

Wie kann da dein letzter Satz dein Letzter Wille gewesen sein?

Auch bei dir diese Hoffnung: geliebt und verstanden zu werden und nicht spurlos zu vergehn. Bis zum letzten Atemzug.

Alle hoffen wir so. Auch der unwichtigste Mensch hat das Recht, sich ein Leben zu ersehnen, indem er geliebt und verstanden wird – damit er nicht sinnlos war und nicht spurlos vergeht.

Aber jeder kann nur aus der Liebe, die er selber erfährt, fähig zur Liebe werden, jeder kann nur durch die Menschlichkeit, die ihm zuteil wird, menschlich werden. Obwohl auch in denen, die selbst lieblos und unmenschlich denken und handeln, die Sehnsucht nach Liebe und Menschlichkeit groß ist. Denn solche wurden gar nicht oder nur selbstsüchtig geliebt, oder sie erlangten, was zu den gleichen Verkümmerungen führt, nichts als törichte selbstlose Hingabe.

Liebe ist nur als offene Gegenseitigkeit wahrhaftig möglich, als die Achtung des anderen in allem, was er ist und sein will.

So schwer das eindeutig zu sagen ist, weil es auch in den Worten liegt, so wichtig ist es, dabei nicht zu verzagen, denn wir müssen es wissen. Liebe, Menschlichkeit und Freundlichkeit bedingen einander und sind ohne Hoffnung nicht denkbar, sowenig Leben ohne Hoffnung denkbar ist.

In zahllosen Liebesgedichten sind Sehnsucht, Begierde und unerfüllter Liebe Verlangen der schmerzende Anlaß. Ein elementares Empfinden, dessen Stärke nur von der Todesfurcht übertroffen wird. Selbst in Gedichte, die das Glück erfüllter Liebe besingen, mischt sich Schmerz in der Ahnung der Endlichkeit. Von den stimulierenden Anpreisungen rein sexueller Beziehungen und Möglichkeiten, die ebenfalls großartig und zahlreich sind, will ich hier nicht reden. Ich zähle sie nicht zu den Liebesgedichten, auch wenn Dichter schon immer von „Liebe machen“ sprachen, wenn sie Beischlaf meinten.

Weil sich auch die höchste Befriedigung sexueller Bedürfnisse organisieren und vermarkten läßt, ist in ihr, das behaupte ich eigensinnig, das Wesen der Liebe nicht. Wiewohl ich bedenke, daß manches heftige Liebesverlangen ein sublimiertes sexuelles Begehren ausdrückt und nichts als Besitzen will. Solches Besitzbedürfnis, wie unbewußt es auch sei, reduziert seinen Gegenstand zum Objekt und weiß nichts von der Würde des anderen Menschen. Niemand kann sich einen Menschen aneignen, einverleiben, ohne ihn dabei zu zerstören. Das ist der Widerspruch allen kreatürlichen Begehrens, und er ist nur in der Kultur aufzuheben, in der Liebe, die eine menschliche, also gesellschaftliche Erscheinung ist. Das gilt für alle Kulturkreise.

Ob es nun heißt: Ich liebe dich, oder ich begehre dich, oder ich bin gern mit dir zusammen, immer wird damit ausgedrückt: Ich will dich. Treffen zwei solche Begehren aufeinander, dann ist Liebe möglich.

Denn: „Liebe ist eine Produktion", wie Brecht schreibt, in der Menschen miteinander Beziehungen zueinander und zur Welt produzieren und dadurch menschlicher werden. Menschliches Verhalten ist gesellschaftlich bedingtes Verhalten zur Erweiterung des Lebenssinns und so eine Produktion nichtmaterieller Werte zur Wahrung und Entwicklung menschlicher Existenzmöglichkeit.

Wenn Menschen Beziehungen zueinander eingehen, durch die sie menschlicher werden, als sie es ohne diese Beziehungen sein würden, dann produzieren sie Liebe. Niemand, der sich in einer solchen Liebe verwirklichen kann, wird als Ausweg für Schwierigkeiten den Tod suchen.

Liebe hat überhaupt nichts mit Tieren, Ideen, Göttern und Dingen zu tun, sie ist weder Hörigkeit noch

Despotie, denn sie ist nur zwischen gleichberechtigten Individuen möglich. Nichts ist verletzlicher als die Würde des Menschen, und wo in einer Verbindung die Würde verletzt wird und ein Individuum sich aufgeben muß, ist keine Liebe möglich. Zur Liebe gehört Toleranz und Zärtlichkeit. Jemand hat einmal gesagt „Zärtlichkeit ist das Erleben des eignen Wohlbehagens im Wohlbehagen des anderen". Das verstehe auch ich unter Zärtlichkeit.

Ist die Liebe, die ich meine, eine Utopie? Vielleicht sogar meine Privatutopie, mit der ich meine eignen Ansprüche und Vorstellungen begründen, meine eignen Liebesgedichte ins rechte Licht rücken möchte?

Ich glaube nicht, daß mir viele wirkliche Liebesgedichte gelungen sind. Gedichte über Liebe – schon, doch Gedichte, die das Wesen wirklicher Liebe erleben lassen – kaum. Aber Liebe ist keine Utopie, sondern eine Produktion. Jeder, der sie erlebt, weiß, daß ich die Wahrheit sage. Auch ich selbst habe sie bis vor kurzem nur geahnt in meinen Gedichten. Daß es schwer ist, sie schon zu erleben, liegt nicht an der Liebe, sondern an der Gesellschaft. Wo die große Ausbeutung längst nicht mehr geht, beuten sich Männer und Frauen immer noch gegenseitig aus. Wenn das vorbei ist, wird tatsächliche Liebe für viele möglich sein.

Natürlich kann das jemand äußerst überflüssig finden und darauf verweisen, wie viele Menschen auf unserer Erde geboren wurden, aufwuchsen und sich zusammentaten, um wieder Menschen zu zeugen, obwohl keiner von ihnen in den Genuß wirklicher Liebe gekommen war. Man kann auch alle Liebesgedichte überflüssig finden und behaupten, diese hätten den Fortbestand der Spezies weder positiv noch negativ beeinflußt.

Es gibt einen solchen Standpunkt: Man kommt zufällig ins Leben, bemüht sich solange wie möglich drin zu bleiben, und stirbt irgendwann, und nichts hängt von dir selber ab. Dieser Standpunkt ist alt und hat besonders für den Umgang mit dem Leben anderer seine praktischen Seiten, für Tyrannen und Massenmörder beispielsweise.

Die meisten Menschen jedoch suchen in allem, was in und mit ihnen geschieht und was sie geschehen machen, einen Sinn. Sie brauchen ihn für ihr Lebensgefühl, für ihr Selbstbewußtsein und den Umgang mit anderen. Dazu brauchen sie auch Liebeslieder und Liebesgedichte. So einfach ist das.

Mein Freund Perry Friedman erklärt seinen Zuhörern immer, bevor er ihnen die schön traurigen Liebeslieder vorsingt, warum es so wenig fröhliche gibt. Weil wirklich glückliche Leute keine Zeit haben, Lieder zu schreiben. Immer gibt man ihm lachend recht, weil man aus eigener Erfahrung weiß, was man in der Einsamkeit der Liebesqual alles sagen möchte. Niemand nimmt es hin, zurückgewiesen zu werden, weil ihm doch Unrecht geschieht, weil der andere sich geirrt haben muß, weil man etwas falsch gemacht hat.

Liebeskummer, dieser Begriff, der alle Widersprüche gestörten Selbstbewußtseins enthält und sehr unzureichend benennt, umschreibt den Zustand, aus dem die meisten Liebesgedichte entstehen. Wer keine zu schreiben vermag, der sucht nach ihnen in Büchern, denn man kann solche Konflikte nicht bewältigen ohne Zuspruch und Rat. Auch wenn es seit Anbeginn keinen einzigen Dichter gegeben hat, der wenigstens sich selber einen Ausweg, eine Lösung zu finden gewußt hätte zu immerwährendem Glück. Doch die Hoffnung für zahllose

Liebende liegt in ihren Liebesgedichten, die eines nie bezweifeln: daß Liebe möglich sein muß.

Wo der Mensch nicht mehr hungern und frieren muß und keine Angst um seine Existenz hat, also schon menschlicher leben kann als anderswo auf der Welt, werden seine Sorgen nur scheinbar geringer. In Wahrheit hat er jetzt, befreit von kreatürlichen Lebensängsten, zum erstenmal tatsächlich Raum in sich, seine seelischen Schmerzen ernst zu nehmen. Wenn das Leben gesichert ist, muß der Sinn des Lebens gesichert werden. Dazu muß jeder lieben und geliebt werden können. Bringen sich nun junge Menschen, und das geschieht immer noch, aus Liebeskummer um, dann kann das nicht anders als mit fehlendem Lebenssinn erklärt werden und mit mangelnder Menschenliebe, die versäumte, ihnen bei der Suche nach diesem Sinn zu helfen.

Es gibt in diesem Bändchen ein Gedicht mit dem Titel „Deshalb", in dem ich einen Grundkonflikt zwischen Liebenden festhalte. Wirkliches Verlangen nach Liebe und Gemeinsamkeit hat das Bedürfnis „den Menschen zu finden, der unser Leben sinnvoller macht". Ein großer Teil meiner Liebesgedichte kommt daher, und die meisten Liebesbeziehungen entstehen daraus.

Nur sollte „Ich liebe dich" nicht am Beginn der Beziehungen und als Ausdruck der Erwartungen und Wünsche gesagt werden. Erst wenn man so miteinander umgegangen ist, daß man weiß, ob man einander das Leben sinnvoller macht, ob sich die Liebe als eine Produktion erweist und jeder weniger wäre ohne den andren – sollte man sagen: „Ich liebe dich".

Sonst geschieht, wenn man ehrlich ist, was ich in dem Gedicht als Schlußsatz schreibe:

Du meinst
ihn in mir
gefunden zu haben.
Soll ich nun
die Suche aufgeben –
Deshalb?

Soviel unwürdiges und sinnloses Leben müßte nicht gelebt, so viele Katastrophen mit seelischen und physischen Opfern könnten verhindert werden, würde dieser Satz zwischen Liebesuchenden als eine entscheidende Frage akzeptiert. Denn wo dieser Satz wahr ist, kann Liebe nicht möglich sein.

Oft, wenn ich dieses Gedicht vorlas, lachten die Zuhörer. Man amüsierte sich über die Schläue, mit der sich hier jemand zurückzog. Aber das war immer das Lachen von Leuten, die ihre Suche aufgegeben hatten und ohne die Produktion der Liebe lebten, eben ein Leben, das ohne Liebe ist. Nur die Betroffenen lachten nie.

Jeder, der in sich die Fähigkeit zur Liebe sucht, hat durch einen Prozeß rückhaltloser Selbsterkenntnis zu gehn. Liebesgedichte helfen dabei.

Liebe ist von allen unseren Möglichkeiten die menschlichste.

H. K.

Inhalt

Heinz Kahlau

Zweisam

Liebesgedichte

Originalausgabe
141 Seiten
Band 1569
ISBN 3-7466-1569-0

Heinz Kahlau macht aus der Liebe kein Mysterium. Im Gegenteil. In seinen Gedichten gehört sie zum Alltag. Nur hier, und nicht im siebten Himmel, kann sie wurzeln. Wie im realen Leben sind auch in diesen Gedichten die Gesichter der Liebe höchst unterschiedlich, wenn nicht gar gegensätzlich. Glück steht neben Enttäuschung, Besitzenwollen neben Toleranz, Hingabe neben dem Bedürfnis nach Distanz. »Liebe«, sagt Heinz Kahlau, »ist von allen unseren Möglichkeiten die menschlichste.« Sie zu leben setzt sehende Augen voraus, nicht blinde, und beginnt mit rückhaltloser Selbsterkenntnis. Dazu wollen diese Gedichte provozieren. Die Auswahl aus älteren und neuen, bisher unveröffentlichten Gedichten in der poesievollen, schlichten Sprache, für die Heinz Kahlau bekannt ist, setzt die Gedanken zum Thema Liebe des inzwischen zum Kultbuch gewordenen Bandes »Du« fort.

AtV

Aufbau Taschenbuch Verlag

Eva Strittmatter

Mondschnee liegt auf den Wiesen

Gedichte

Band 1324
ISBN 3-7466-1324-8

Voll bohrender Unruhe wird in diesen Gedichten die Vergänglichkeit der Zeit reflektiert. Was ist geschehen mit den großen Erwartungen an das Leben? Was war und was bleibt? War man Sender oder nur das Echo fremder Töne? Und was heißt das: leben? Sich selbst in den Mittelpunkt setzen oder für andere da sein? Eva Strittmatters eindringliche Fragen sind zugleich Annäherungen an Antworten: Versuche, den Schmerz, den Zweifel, die Ängste und Unsicherheiten in Worte zu fassen. Denn: Das Wirkliche, was bleibt, ist Sprache. Die Dichterin bringt ihre Erfahrungen in intensive, anrührende Bilder: Halterungen aus Worten. Sie spricht von ihrer Sehnsucht nach einem anderen, ungebundenem Leben, nach den sinnenstarken Eindrücken ferner Länder, nach der Geborgenheit in der Freundschaft und von jenem anderen Pol ihrer Existenz, den Pflichten des Alltags, die sie binden und verwurzeln.

AtV

Aufbau Taschenbuch Verlag

Eva Strittmatter

Die eine Rose überwältigt alles

Gedichte

140 Seiten
Band 1321
ISBN 3-7466-1321-3

Die Gedichte rebellieren gegen den täglichen Tod durch Selbstaufgabe und Gewöhnung. Was bleibt von den eigenen Lebensansprüchen, wenn Pflichten Grenzen setzen, der Alltag Einsicht fordert und Verzicht? Wie ist die Balance zu finden, um *übers Seil zu laufen und dabei zu singen*? Eva Strittmatter gibt die Erfahrungen solcher Versuche in eindringlichen, intimen Bildern wieder. Sie spricht von den schmerzhaften Widersprüchen, die dabei auszuhalten sind, von den Anstrengungen, sich der Verführung zur Lauheit zu widersetzen, und vom notwendigen Mut, die eigenen Schwächen beim Namen zu nennen. Ihre Gedichte bezeugen auch die Wurzeln ihrer Kraft, solche Selbstherausforderung zu bestehen: die liegen in der Bereitschaft, sich offen zu halten für die Signale der Welt – *Verführt/Vom Leben lebe ich*.

AtV

Aufbau Taschenbuch Verlag

Donna W. Cross

Die Päpstin

Roman

Aus dem Amerikanischen
von Wolfgang Neuhaus

566 Seiten
Band 1400
ISBN 3-7466-1400-7

Johanna, ein junges Mädchen mit überragenden Geistesgaben, wächst im Frankenreich des 9. Jahrhunderts, heran. Als Tochter eines strenggläubigen Vaters und einer heidnischen Mutter gelingt ihr, was allen Mädchen im Mittelalter verwehrt blieb: Sie erhält eine fundierte heilkundliche und philosophische Ausbildung. Doch Johanna weiß, daß ihr als Frau die letzten Tore der Weisheit verschlossen bleiben, ja daß sie kaum überleben wird. Als Mönch verkleidet, tritt sie zunächst ins Kloster Fulda ein und macht sich Jahre später auf den Weg nach Rom. Dort gelangt sie als Leibarzt des Papstes innerhalb kurzer Zeit zu großer Berühmtheit. Und schließlich ist sie es selbst, die die Geschicke der katholischen Kirche leitet: Als Papst Johannes Anglicus besteigt sie den päpstlichen Thron.

AtV

Aufbau Taschenbuch Verlag

Hanjo Lehmann

Die Truhen des Arcimboldo

Nach den Tagebüchern des Heinrich Wilhelm Lehmann

Roman

699 Seiten
Band 1542
ISBN 3-7466-1542-9

In den untersten, allergeheimsten Kellergewöben des Vatikans wird im Jahre 1848 der junge Schlosser Luigi Calandrelli verschüttet. Als er die Mauern seines Verlieses abklopft, stößt er auf eine mysteriöse Truhe mit siebenhundert Jahre alten Pergamenten – sorgsam verborgene Dokumente gegen Intoleranz und Fundamentalismus, die den Machtanspruch der römischen Kirche untergraben.

Zwanzig Jahre später vertraut er einem befreundeten preußischen Eisenbahningenieur seine Aufzeichnungen über die damaligen Ereignisse an. Von nun an gerät dieser in ein Netz von Intrigen, Machtkämpfen und lebensbedrohlichen Situationen, denn der Vatikan fürchtet im Jahr des Konzils, auf dem die Unfehlbarkeit des Papstes verkündet werden soll, nichts so sehr wie die Veröffentlichung dieser aufrührerischen Dokumente.

AtV

Aufbau Taschenbuch Verlag

Pascal Bruckner

Diebe der Schönheit

Roman

Aus dem Französischen
von Michael Kleeberg

320 Seiten
Band 1598
ISBN 3-7466-1598-4

Benjamin und seine schöne junge Geliebte Hélène, auf der Rückfahrt von einem Skiurlaub in der Schweiz, suchen während eines Schneesturms Schutz in einem einsamen Chalet an der französischen Grenze. Sein Besitzer Jérôme Steiner empfängt sie mit großer Zuvorkommenheit, aber bald begreifen die beiden, daß die Gastfreundschaft des alten Beaus trügerisch ist und sie in Wirklichkeit seine Gefangenen in dieser verschneiten Einöde sind. Und als Benjamin während einer vermeintlichen Abwesenheit der Besitzer die verschlossenen Kellergewölbe besichtigt, macht er eine grausige Entdeckung.

AtV

Aufbau Taschenbuch Verlag

Werde nie müde
mir zu sagen
daß Du mich liebst
Die schönsten Liebesbriefe

Herausgegeben
von Annette C. Anton

Mit 6 Abbildungen
185 Seiten
Seidenglanzbuchleinen
ISBN 3-352-00628-8

»Werde nie müde mir zu sagen daß du mich liebst«, schrieb Goethe am 23. Juli 1784 nicht zufällig an Charlotte von Stein. Es war eine Aufforderung, nicht zur Liebe selbst, sondern dazu, ihr eine Sprache zu geben. Die in diesem Band versammelten Liebesbriefe gehören zu den schönsten Texten der deutschen Literatur. Sie lassen uns teilhaben am Schicksal anderer, und deshalb lesen wir sie mit Ergriffenheit oder Neugierde, mit Bestürzung oder Erheiterung. Jedem Brief ist in wenigen Sätzen eine kleine Geschichte seiner Entstehung vorangestellt. Mit Briefen von: Thomas Mann, Franz Kafka, Wolfgang Amadeus Mozart, Bertolt Brecht, Johann Wolfgang Goethe, Sigmund Freud, Arthur Schnitzler, Paula Modersohn-Becker, Rosa Luxemburg, Bettina von Arnim u. v. a.

R & L

Rütten & Loening